L'homosensuel

Tangotanguy

L'homosensuel

Recueil

LE LYS BLEU
ÉDITIONS

ISBN : 979-10-377-8370-7

À Sandrine Barat précieuse pour son écoute
et à Pierre Orssaud

Le pied des roses

Comme une poésie en prose
Le vent n'a pas de pied
Vole et va selon son gré
Soulever le pied des roses

J'ai vu passer des beautés
D'année en année
Et comme les années
Aucune ne s'est arrêtée

Comme une poésie s'envole
Dans la caresse des vents
Je voudrais me joindre au vol
Pour me porter à leur devant

Souffler à chacune de ces roses
Ce que j'aime et que je n'ose
Louer si ce n'est qu'en rêvant
…
Leur beauté dont j'ai eu vent

Achevez l'HIV

De déveines en mes veines
Un incessant sang
Charrie ma peine

Hémophile, le temps
En mes veines s'écoule
Hémophile, le temps
Liquide doucement
Ma vie qui en découle

De déveines en mes veines
L'incessant sang
Charrie ma peine

Hémophile, ma vie
En mes veines se noie
Ma clepsydre ne se vide
De ce sang qui de moi
En mes veines est avide

De déveines en mes veines
J'ai de Cupidon
Sa flèche en mon talon
De déveines en mes veines
L'incessant sang

Charrie ma peine
Et pour mieux m'achever
Avec elle entraine
Un HIV à mon chevet

Hémophile, le temps
Se défile ma vie
Combien de temps encore
Pour écouler ma peine
Combien de temps encore
Reste -t-il entre mes veines ?

Points cardinaux

L’amour n’est pas une tragédie
Juste un gouffre où le délice
Est d’y tomber

Sinon, ma Lou
L’amour c’est par où
Du nord à l’ouest
Du sud à l’est
Le gouffre en ses abysses
Glisse des lys où fleurissent
Pour toujours
Les belles délices
Des grandes amours

Où pour point d’orgue
Des chœurs plein le cœur
Elles les orgues
Chantent que c’est pour nous

Du nord à l’ouest
Du sud à l’est
Jusqu’en leurs confins
Trouvant mon chemin
Pour qu’il n’en souffre
L’amour m’ouvre son gouffre

Et des chœurs plein mon cœur
Ne chantent que pour vous

Ne laisser mon cœur
Voyager on ne sait où

Du nord à l'ouest
Du sud à l'est
Donnez-lui pour promesses
Un aveu ne serait-ce
Même les plus petits signaux
À le porter pour qu'il s'engouffre

Aux coordonnées des points cardinaux
Ou deux cœurs dans un chœur
Se croiseraient pour deux anneaux

L’ignorance est jolie
Quand on ne la connait pas

Ne pas savoir que l’on ne sait pas

Je lui ai fait l’amour sans la connaitre
Comme on sucerait à se soumettre
Aux liqueurs inconnues
Ou elle, femme toute nue

L’ignorance est jolie
Quand on ne la connait pas

Parce que je ne le savais
Suivant l’adage je l’ai fait
Je bois encore des liqueurs inconnues
Dévêt des femmes même en retenues

L’ignorance est jolie
Quand on ne la connait pas

J’ai traversé tant de géographies
Au gré de ma philosophie
Parce que je ne la connaissais pas
En suivant le flux de mes pas

L'ignorance est jolie
Quand on ne la connait pas

Ne savant compter ai suivi mes pensées
J'ai sans compter dépensé
Hétaïres, escortes et phrynés
En leurs ardeurs effrénées
Eurent le temps de remercier
Les plis de mes draps éclaboussés
Est-ce cadavre au trente-sixième dessous
Que l'on ira boire tout son soûl
L'ignorance est jolie
Quand on ne la connait pas

Que les liqueurs et toutes drogues
Inspirent mes monologues
Auprès du plus beau sexe
Comme ce pauvre texte
Ne m'eut été à l'esprit
Avant de l'avoir écrit

L'ignorance est jolie
Quand on ne la connait pas
A la poésie que l'on ne sait pas
Au gré de nos faux pas
Et de ce qu'il ne faut pas

Ne pas savoir que l'on ne sait pas
…

À l'approche du peu

Proche à l'approche du peu
Je cherche l'indicible
D'un peu en approches invisibles
Comme aux abcès abstraits de mes dents
Et ce qu'elles cachent en dedans

Tout ce qui ce qui se peut

J'ai l'éclat d'une langue
Sans heurts à ses mots
Comme un ongle n'a pas d'angle
Se glisserait sous votre peau
Pour griffer comme sirop
Le son de mes mots

Je cherche l'indicible
Comme pour parler
De choses invisibles
À l'accroche de mes dents
Et ce qu'elles cachent en dedans

Comme cet encore indemne
Que l'on appelle je t'aime
Sous scansions de requiem
Que certains contemnent

Je parle l'invisible
En langue langue indicible
Pour vous dire je t'aime
Sans vous le dire même

Proche à l'approche du peu
Sous l'éclat de mes dents
Autant que cela se peut
Brille un je t'aime rouge sang

À jeun

À la lumière d'un sous whisky
Que deviennent-elles
Ces notes ces phrases si belles
Sous plume de Bukowski
À jeun vous parlent-elles

Si belles sibyllines
Eu égard à monsieur Poe
Ne résonnent-elles pas cristallines
Piquées crescendo à votre peau
À jeun vous parlent-elles

Des phrases comme notes
Si belles qu'il se chuchote
Qu'elles sont aux nues
Même tenues sans ailes
Quand un Samson François
À son piano s'assoit
À jeun vous parlent-elles

Des notes en phases
Si belles sibyllines dussé-je
Louer le grand Serge
De l'art mineur à son jazz
Dans la clarté de l'extase
À jeun vous parlent-elles

Des fleurs se pâment dans un coin
Comme un fleuve au paysage
Des phrases dans leurs grands soins
Illuminent nos visages
À jeun vous parlent-elles
À jeun l'avez-vous reconnu
Sa lutte entre les sons et ses mots
Comme en devenir est devenue
En ses traductions à fleur de Poe
Un châle sur les épaules
Un Charles qui vous frôle
Un poète qui vous parle
À jeun cela vous parle

De phrases en phases
Aux sons de mes mots
Tout me vient et se croise
Dans la trace d'un pinceau
Qui n'a jamais connu l'eau

Mais c'est à jeun que je vous parle

Adolescente

Infante défunte
Devenue adolescente
Infante, femme récente
Qu'une vue désappointe

Sur un nouvel ornement
Des seins naissants
Viennent courber sa honte
Que ses épaules racontent

D'elle se détache
Un nid mensuel
Un sang dans son insolence
Entache toute une enfance

Sa peau se boutonne
Sous son corsage
Que nul encore ne déboutonne
Ce corps encore sage

Mais, trouvant son bouton
Entrouvert pour son doigt
S'apprend aux jeux de la joie
Attendant ceux qui le lui feront

Infante défunte
Devenue adolescente
Apprentie de la vie
Nouvellement fleurie
Enfin, femme récente
Trouve dans un déduit
Comment souffler une flamme éteinte

Et pour toute première étreinte
Une nouvelle flamme s'allume…
Que l'infante soit défunte
Que la femme la consume

Alexandrins d'adultère

Dès lors que s'ennuyant, une alliance à bascule
Sans plus qu'aucun désir s'accroche à ses appâts
Sans s'en voulant échangea mari pour amant
Ce qui pourrait s'entendre dans un tel contexte
Quand un couple à l'épuisement parle sans texte

De profession tapissière ses doigts tissèrent
Ce qui sera être la trame de notre adultère

Par moi retrouva l'appétit que l'on bouscule
Vint se fixer à l'origine de mes bras
S'éprit de mes mains sur son corps incandescent
Se livra sous aucune forme de prétexte
sauf l'idée de faire de sa peau un palimpseste

Tous câlins abandonnaient ma bouche en son sein
Agrippé à sa serrure par la rouille grippée
Sans que salive ne la souille, la fit mouiller
Ma semence comme des clous tapissa ses reins
En son cul assiégé, lui refit son dossier

Râles et plaintes la chargèrent dans ses orgasmes
Animés par des enthousiasmes provoqués
D'évolutions en convulsions voire même spasmes
Je, Dans ce que j'ai de plus fou, la fis crier

Des frissons l'envahissaient de la tête aux pieds
Comme un alexandrin, prit douze fois son pied

Dans sa vivacité ma conscience entre autres
« Se consola des femmes vertueuses avec cette autre »*
Belle, belle, dans cette phrase de Flaubert
Semant semences à piquer notre adultère

Jamais ne porterai chevalière à bascule
Quitterai mon rôle d'amant pour être mari
Jamais ne porterai au doigt le ridicule
Essoufflé par les années et faire tapisserie

Ne pas être en proie au jeu des chaises musicales
Assis dans le confort d'une chaise de tapissière
Confiant, ne voyant venir mon prochain rival

Gardons, cette chaise aux chants de ma tapissière
Sur laquelle, avec nous s'assied notre adultère.

*GF

Au chas

Au corset que je délace
Une fille cousue d'or
Qu'encore sait que je délasse
Se dévoile à mon corps
Ses dessous sans dessus-
Dessous s'effacent

Son corset se dénoue
De fil et en aiguille
S'affale à ses chevilles :
Ultra sons qui me secouent !

Au chas d'une fille
En talons aiguille
L'amour y passe
Vient, sort et repasse
Alors que l'on se secoue
Se cousent nos audaces

Une fille que j'enfile
Pardonnez-moi, Hélas !
De vous parler subtil
J'enfile comme strass
Une perle qui m'enlace

Au chas d'une fille
Qu'en talent m'aiguille
Tout au profond d'elle
De fils et en aiguille
Alors que l'on se secoue
L'amour se coud
Son string et sa ficelle
Autour de mon cou
…

Puis le soleil dans ses aiguilles
Nous recoud un matin
Une chatte se rhabille
Bottée de talons aiguille
D'un corset, époux de ses seins
Me promet un coup de fil
Et se faufile dans le lointain

Au-delà

Au-delà du temps
Je prends mon temps
À flâner du bout de mes doigts
Me racontant je ne sais quoi

Au-delà du temps
Je prends mon temps
À m'encrapuler à la paresse
Faisant de rien qu'il n'y paraisse

Au-delà du temps
Je prends mon temps
Le temps et son estompe
À marcher à côté de mes pompes
Se prend les pieds dans son temps
Allant courir quand moi je marche

Au-delà du temps
Je prends mon temps
Pour monter sur la bonne marche
Quand le temps qui court
Nous pendra haut et court
De toute façon
À la façon d'à quoi bon !

Je flâne et vis le temps
Ma vie dans son instant

Une femme sous moi hurle ses raisons
Une maison un jardin à ses saisons
Ne le disant pas ou le disons
Sa joie pourrie sous mes raisons

Au-delà du temps
Je prends mon temps
Et marche à côté de mes pompes
Sans que l'histoire ne se corrompe

Au-delà de mes pompes
Au-delà du temps
Je prends mon temps

Peut-être viendrais-je
Et je te serais
Mon temps montant doucement
Dans le secret de ton jardin entrerait

Aux abois

Combien de forêts
De bois aux abois
S'ils le savaient feraient
Feu de tout bois

De l'enfant de papier
Volé à leurs ventres
Brulé ainsi, bruitées
Des flammes pour tout chantre

Comme aux automnes
Feuilles tourbillonnent
Papiers d'ursaff
Chaque année agrafent
Ses quatre automnes

Sous format A4
Papier de suppôt
Support à l'impôt
À froisser, à mettre dans l'âtre

Combien de forêts
De bois aux abois
S'ils le savaient, feraient
Feu de tout bois

De l'enfant de papier
Immaculé puis souillé
Sous quelques écritures
À broyer comme sciure

Combien de torchons
Petits livrets d'histrions
Devraient par revanche
Aux feux de la rampe
Le rouge à leurs tempes
Cramer sur ses planches

Et tous ses folliculaires
À la rime scolaire
Comme celle que j'évoque
Pensant l'avoir ad hoc

Font de leurs papiers
Un feuillet tout mal torché

Combien de forêts
De bois aux abois
S'ils le savaient feraient
Feu de tout bois
De l'enfant de papier
Ingénu et trompé
Portant l'écrit du devis
D'un abattage de forêt

Bois aux abois ainsi trahis
Sans aucun préavis
Lui froisseraient le corps
Où sans aucun remords
Le voudraient percé par un foret

Papier devenu paria
Qui pour son rachat
De banque, s'est fait billet
Papier de change
Perdant à l'échange
Quand bois et forêts le rhabillaient
Pour donner le change

N'eut-il pas mieux fait
De se faire billet doux
En demande de pardons
Comme s'il fallait
Pour adoucir leur courroux
Se plier à l'expiation
En contorsion d'origami
Voir plus quand on est ami

Combien de forêts
De bois aux abois
S'ils le savaient, feraient
Feu de tout bois

De l'enfant de papier
Immaculé puis souillé
Sous quelques écritures
À broyer comme sciures

Combien de forêts
De bois aux abois… combien ?

Contrat

Peut-on s’aimer sous contrat
Se garer au créneau
Du temps d’un mariage
Comme voiture stopper à un péage
Signer avec le choléra
En portant ces deux anneaux

Si l’on signe un contrat
C’est que l’on a pour soucis
De ce que l’on se méfie
Un contrat de confiance
Pourquoi se justifie
La confiance dans sa déviance

J’ai du en bas signer
Pour vous dire je t’aime
Mettre en confiance notre parité
Pour un amour qu’au vent l’on sème

Une robe blanche
Se simulait à vos hanches
Quand une page blanche
Au goût d’un soir de dimanche
S’entachait par ce qu’il conçoit
L’obligation dudit contrat

Comme le disait le Georges
S'allant en chemin
De par devers la belle Ninon
Enlever son soutien-gorge
« Ne signons pas nos noms
Au bas d'un parchemin »

Chien d'arrêt

Patient du temps, j'attends
Dans une chambre sans porte
Sombre j'attends
Aux ombres d'une eau-forte

Que le temps me soigne
Que le temps exhorte
Ce futur qui s'éloigne
De grâce à ouvrir ma porte

De cette chambre sans vues
Où des haies d'idéaux
Voilent à toutes mes vues
Mon spectacle par un rideau

Dans une chambre sans porte
Où ces murs sans apprêt
N'offrent aucun après
Le temps est aux arrêts

Et dans mon camp de patience
Déporté de mes Quands ?
L'avenir et son absence
En ma main sont séquents

Alors j'attends

Une chambre sur ma tempe
L'instant de détente
Qu'un chien en arrêt suspend
Comme pour mieux tuer le temps

Et dans l'instant de détente
De la chambre s'emporte
Une décharge brûlante
Pour qu'enfin s'ouvre ma porte

Correspondance

Lui : Comme un métal
Sous l'attraction des pôles
Aimant son aimant
C'est épaule contre épaule
Qu'amant sur vous je m'étale

Elle : Et tout comme le diamant
Peut attirer chaque femme
C'est sciemment que je m'enflamme
Sous l'attraction de l'amant

Lui : C'est épaule contre épaule
Qu'amant sur vous je m'étale
Et mes doigts en contrôle
De notre horizontale…

Elle : … viennent, viennent tombent et glissent
Mes dessous comme à vos yeux
S'évanouissent et se plissent
Tel un métal sous le feu

Lui : Puisqu'un dit-aimant en vibration
Plaît aux femmes par vocation
C'est chargée de magnétite
Que ma langue aimante vous excite

Elle : Plaintes en suppliques
Veulent tant par leurs sons
Lui : Qu'une bande magnétique
Saurait s'en souvenir
Elle : Qu'en diamant ton saphir
Vienne graver mon sillon

Elle : Et sous les feux de la rampe
Tu me viennes
Comme un métal
Lui : Qui se durcit quand on le trempe ?
Elle : En une entrée triomphale

Lui : De l'épaule où je me penche
Tant, autant qu'en tes coulisses
Elle : Le théâtre de mes hanches
Lui : En amant je te coulisse

Elle : Qu'alors se trempent mes tempes
Un feu ruisselle en mon temple
De ce désir graduel
Mon ventre chiale en étincelles

Tu me viens en va-et-vient
Afin qu'à l'embrasure
Du rideau de mes reins
Étincelle une brasure

Lui : Autant que l'âge d'airain
Savait au métal sa fusion
C'est entre tes reins que je viens
Embraser notre fusion

Elle et Lui :

Comme un métal
Sous l'attraction des pôles
Aimant son aimant

Un diamant se fixe
À l'alliage de l'alliance
Dans le son d'un silence
Nos deux corps se sertissent

D’hévéa à 20 %

Des trous d’écus
Couverts par la sécu
Suscitent des taxes annexes
Et farcissent le codex
De remèdes pour notre cul
Assujetti d’hévéa
Tu bandes en 20 %
Un cinquième que tu rends
Au corps d’état

Latex, la taxe du sexe

Jouer à l’élastique
Selon votre éthique
Du grand saut à l’élastique
Au petit coup pratique

Latex, la taxe du sexe

Des ecclésiastiques
En caoutchouc
Tirent l’élastique
Tendu des playtex

Latex, la taxe du sexe

En génuflex sur x
Dans une piaule sous ex
Tout en relaxe
Et sans complexe

Latex, la taxe du sexe

Du latex sur l'axe
S'excite le cortex
Ton sang te boxe
S'accentue le flux
Sans que cela t'effraye
Tu fixes à son climax
Tout un texte
Et ses syntaxes
Qui feraient

Des : oh ! wahoou ! rwoo ! ahein et wahoo !!!!

Déçu

La vertu des roses
Que toutes choses opposent
Aux traîtrises de femmes
Œuvre aux mélodrames
Qui en habilité s'insinuent

Imaginez qu'il le sut
Ce bouquet que l'on leur porte
Gage d'amour en offrande
Se serait sur sa demande
Fané au seuil de leurs portes

La rose est bien moins sotte
Que l'homme que je suis
Interdit, par leurs bottes
Mûries à leur psychologie

Comme des voiles, des jupes
Dans un jeu de dupe
Au tison de leur volcan
S'affalent pour d'autres vents
Qu'en habilité s'insinuent

Imaginez que je le sus
Toutes les couleurs de l'amour

Eurent coulé en pisse de lazzis
Faisant des bleus à nos discours
En mots ou n'existe le velours
Juste pour des histoires de zizis

Qu'il est triste que la rose se fane
Qu'à l'amour ses couleurs pâlissent
Et qu'en dessous en filigrane
Le temps dans ses malices
En habilité s'insinue

Imaginez que je sois déçu…

Elle-même

Par ce que m'aime
Ma solitude elle-même

Si chaud que fus-je
Vers ces corps ignifuges
Mon cœur maladroit
A pris froid

Par ce que m'aime
Ma solitude elle-même
Dessina-t-elle à dessein
Quelques sursis en leurs seins

En chacune
J'ai raté ma femme
En aucunes
Ne Fût de mèche à leurs flammes

Par ce que m'aime
Ma solitude elle-même

Me met sous l'exposition
Je suis sous ex
Le noir a pour réflex
De donner ma position
Je suis sans ex

Pour que m'aime
Ma solitude elle-même

En chacune
J'ai raté ma femme
En aucunes
Ne Fût de mèche à leurs flammes

Emprise éclectique

L’église culte pour incultes
Aux sermons qu’elle professe
Oublie les faits qu’elle occulte
Autant que je ne m’abaisse
Aux putes me joins à leurs cultes
En priant dévot tous les tumultes
Que me procurent leurs fesses

Benoîtement ai cru en Dieu
À boire paroles de ces Benoits seize
Prie, qu’alors cela m’est coûteux
Que leurs bières n’éclaboussent les cieux
Mes lèvres au goulot d’une seize

Emprise éclectique
Je crois en tout, plus en Dieu
Depuis cette prise électrique
Vu dans une église comme aveux
Se disant à chauffer les cœurs de sdf
Dieu sa sainteté a recours à l’edf

Benoîtement ai cru en Dieu
À boire paroles de ces Benoits seize
Prie qu'alors cela m'est coûteux
Que leurs bières n'éclaboussent les cieux
Mes lèvres au goulot d'une seize
Se confortent dans sa mousse

Pieds nus sur de l'herbe me ressource
Couchée nue sur ce vert votre teint de rousse
Éphélides rousses pour pléonasme
M'attirent jusqu'au spasme
Je goûte votre corps luxueux
Mes mains et mes doigts irrévérencieux
Sont dans l'emprise éclectique

Électrifié, J'aime tout de vous

Épicanthus
Épicanthus
Épicanthus

Et puis quand tu souris
L'épicanthus aussi
Ourle ma vue
Ainsi tu sais aussi
Du bord ta vue
Aborder mes vues

Épicanthus quantique
Cantique des cantiques
Chantent tes yeux
Dans l'champ de mes yeux
Tandis qu'un saut physique
Une sauterie à deux
Nous saute alors aux yeux
Par paquets atomiques
Ô mon dieu
Une bombe anatomique
Plisse mes yeux

Et puis quand tu m'essayes
L'épicanthus m'assaille
Adagio assaï
Mon erectus vacille
Au bord de ton lit
Déborde ma vie
Du bout de mon vit

Épicanthus
Épicanthus

Et puis quand tu sortis
Épicanthus orties
Épicent mes yeux
Cinglent ma vue
Et puis quand tu partis
Dans ce désert de gens
Hurle la rue
Et pissent maintenant
Et pissent maintenant
Pissent mes yeux

Faites ce qu'il se doit

Cabossez-moi
Caressez-moi

Faites de moi
Ce qu'il se doit
De par vos doigts
Quoi qu'il en soit
Quand bien m'aime
Votre petit doigt

Cabossez-moi
Caressez-moi

Foutez-moi
Mettez en soi
L'illégalité des lois
Foutrez-moi !

Dans ce drap de soie
Que sur moi ou sous moi
Votre corps ondoie
Au plaisir qu'il conçoit
Salissez-moi

Faites ce qui me foudroie
Vous dirai-je à votre endroit
Qu'a votre cœur à flirter avec l'émoi
Se priverait-il de quelques exploits ?
De votre jouet Devenu Tout droit
Qu'il vienne au mien Qui le reçoit ?

Bordel ! Cabossez-moi !
Et Cassez-moi
Que je hurle ce qui en quoi
Ne vous laisserai coi ?

Dès lors que la nuit décroit
Mettez mes bras en croix
Et votre bouche tout en joie
Sur laquelle je m'assois

Cabossez-moi
Et putain… n'oubliez pas,
Caressez-moi

Fumer tue

Avant de t'en aller
Feu, mon amour
Tu me fus
Mais…
Fumer tue

Vingt fois par jour
T'ouvrais le gaz
Vingt fois par jour
À t'enflammer
Sous quelques flammes
Pour t'en aller
Comme fumée

Feu, mon amour
Tu me fus
Mais…
Fumer tue

Vingt fois par jour
Donnais du gaz
Aux métastases
Et nos amours
Dans l'incandescence
S'éteignaient

Vingt fois par jour
Sous l'écran de fumée
Tu ne me voyais

Fi ! cet amour
Où nous fûmes
S'allant clopin-clopant
Nous descendre
Aux pieds de tes cendres

Gercer

Cruelle à mon cœur
Des herses sur le vôtre
Quand gerce le mien

Qu'en bon apôtre
Vous donna tout son bien
On sait que le vôtre
Resta cruel envers le mien

Que la cigüe nocive
Me soit toute douce
Aux incomparables invectives
En votre cœur où elles poussent

Comment ai-je pu aimer
Et au finir détester
Que la cigüe nocive
Vous soit toute douce
Fasse que votre cœur ne repousse
Le corps dans son oubli et vos lèvres lascives
Vertes sans vertu présentant de la mousse

Une mousse à la bouche
Comme bave pour attribut
La bave de votre cœur
Auquel se substitue
Mon amour pour votre couche
Quand il allait pourtant
Au portant des sentiments
Vous porter des fleurs

Cruelle à mon cœur
Des herses à le vôtre
Quand gerce le mien
Les fleurs ne servent à rien

Sinon en métal de ferraille
Rouillées pour vos funérailles

Hérisson

À se draper dans nos erreurs
Prenant nos casseroles pour des casques
Quand un hérisson se pique à l'ortie

À se croire le meilleur
L'humilité tapie sous un masque
Comme poussée sous un tapis

Un hérisson se pique à l'ortie

En temps et en leurre
Un être supérieur
Au-dessus de ses faiblesses
Assez fat pour qu'il s'abaisse
Aux humidités de l'humilité
Venant pourrir sous son tapis

Quand,
Un hérisson se pique à l'ortie

Une couronne d'aubépine
Se pique à mes pensées
Lèchent, assassines
Ses épines émoussées

Un hérisson se pique à l'ortie

À la loi du plus petit
L'infime bactérie
Morsures à ses piques
Attaque la tique

Un hérisson se pique à l'ortie

Méfiez-vous de moi
Je viens de tout en bas…

Hétaïres

Sortirai-je
Du sortilège ?
…
À la réclusion de mon hymen
Je prie la Grâce et amen.
Portée par jus d'éther
En des hétaïres évanescentes,

Le cœur aorte de moi
J'aurai pour elles quelques morsures
Délicates.

Alors qu'elles suceraient
Les sueurs de mon cœur
En posant leurs baisers
Pour le laver
L'éventrer et le piller

De la réclusion de mon hymen
M'échapperai
Pour que m'amène
Aux jeux d'hétaïres
Là,
Le cœur évanoui
Je me rendrai.

Noyé sous jus d'hétaïres
Où mon cœur et son chaos
Transpirent
Ses pires transes,
Aorte de moi
Contre leur cœur
Les paupières baissées
Mordillerai
Mes lèvres
Pour goûter
Le plaisir d'un évadé.

Il pleut

Titubent mes raisons
Il pleut des femmes
Mon cœur dans ses lésions
Ne se déchire ne se damne

Je suis l'homme qui aime la pluie
Singing in the rain
Un homme amphibie
Sous couvert de pluie attend la prochaine

Me fous de combien cela me coûte
Mon cœur vous aime toutes
Quand il pleut des femmes
Titubent mes raisons

À la danse d'un entrechat
Je suis l'homme amphibie
À me trouver sous votre pluie
Ma bouche sous vous en deçà

Singing in the rain
Jusqu'à la prochaine
Mon cœur vous aime toutes
Jusqu'à celle qui se rajoute

Et vous ma première à raison
N'oublie nos premières pluies
Pour vous ai toujours de l'envie
Haut en cœur de notre liaison

Titubent mes raisons
Il pleut des femmes
À mon cœur comme légion
Sans que ne se déchire mon âme

À raison titube ma raison

Invertie

Son choix, ses choix
Invertie, convertie
Son choix, « s'échoit »
Et ce qui ne se dit
En caresses se traduit :

Par le dessein que ceint
Une main à sa taille
Et la taille de cette main
Frêle, frôle son sein

En saphiques touchés
Concave sur convexe
Ce sein en est né sexe
Dans cette main, lovée

Invertie, convertie

S'osent, roses et s'effleurent
Pétales et boutons
En surface affleurent
Et deviennent frissons

Invertie, convertie

Son choix « s'échoit »
Et ce qui ne se dit
Flotte parfois
Qu'on en déduit
Ce que chuchotent ses déduits

Qui de baisers incessants
Aux insensés incandescents
Sa langue savante, descend
Savante, s'aventure, indécente

Apposée à l'opposé
De cette bouche
Des lèvres s'abouchent
Au cœur même de ces hanches

Et suent et s'enivrent
Quand une salive, saline
À la cyprine s'éprend
Que des lèvres délivrent

Converti en partie
Le jour cède à la nuit
Et dans mon humble réduit
Vont mes pensées, tandis
Que j'entends de ma piaule
Une chatte au loin qui miaule

L'homosensuel

Tout le pénètre
C'est un homme au sensuel
Il a besoin d'émoi
Il a besoin de vous
Veuillez toucher ses doigts
Tendre son cou

Tout le féconde
Un frôlement félin fait l'onde
Aux clins de cils
Qu'il dessille

Au feulement de votre chatte
Son cœur éclate
À votre teint de teint de rose
Son cœur explose

Tout le pénètre
C'est un homme au sensuel
Il a besoin d'émois
Il a besoin de vous
Touchez ses doigts
Sucer son cou

À la vue de votre gorge
Entrebâillée aux seins
Ses yeux s'engorgent
D'un désir soudain

Et malgré un motus
Ses frissons vous sont témoins
Ponctuant point par point
Tous ses mots tus

Tout vous pénètre
C'est un homme au sensuel
Il a besoin d'émois
Il a besoin de vous
Sentez ses doigts
Vous êtes dessous

La cinquième leçon

De son tee-shirt
Une vue imprenable
Sur ce qui serait palpable
Pour qu'œil et cerveau se heurtent
« S'écueillent » sur deux petits monts
Pour une première leçon

… qui ?

Au dos de ce tee-shirt
Une vue très dégagée
Pousse l'œil au meurtre
D'un cerveau devenu son sujet
Quand un tatoo à sa peau se fond
Pour une deuxième leçon

…qui est-ce ?

Plus au sud est son short
Élimé et très court
Donne de l'envie avant tout flirt
Sa démarche, marche pour
Que d'une aine à l'autre se frotte au son
D'une troisième leçon

… mais qui est-ce ?

Une débauche a ses hanches
Sur laquelle mon œil se penche
Me monte en un sens graduel
L'enfer est trop froid pour elle
Et ces intimes chaleurs me sont
Tout !
Pour ma quatrième leçon

Qui, qui, est-elle ?

À me démanger pour une cinquième leçon ?
…
Avant, sache, hâte
De connaitre sa chatte
Qui elle est ?
Pose les questions qui le sont
Et d'elle ce que tu devines
Entre dans sa cuisine et go
Ouvre son frigo
Pour ta cinquième leçon

Alors tu sauras…
Au nombre de yaourts
Combien de culottes courtes
Elle a sur les bras

Et si herbes à tisane
Partagent les fanes
De putains de carottes bio
Peut-on penser Sans être idiot
Qu'elle soit végane

Ou bien que son frigo
Soit dégueulasse
Quand de guerre lasse
Laissa le règne aux asticots
Avant, sache, hâte
De connaitre sa chatte
Prends comme signaux
Que de mémoire de lavabo
L'eau est en disgrâce

Prends même juste un café
Une invitation pour emballer
Regarde la date limite
Et ce que le sachet abrite
Compare et tout de suite
T'apprendra à juger
Que tu n'es pas le premier

Pose les questions qui le sont
Et d'elle ce que tu devines
Entre dans sa cuisine et go
Ouvre son frigo

Pour ta cinquième leçon

La classe

À l’arrière de la classe
Près du radiateur
Je regardais les heures
Pour voir comme elles passent

Une mouche qui me suivait
Depuis ma scolarité
Par le bout du nez me tenait
Dans ses volutes dessinées

À l’avant de la classe
Une nuque soulevée par un chignon
Des lunettes, vue de trois quarts
Et un visage à apprendre le violon
Plutôt qu’à faire de la guitare

La première de la classe

À la blouse tenue et repassée
Au col plus serré
Deviné ou que je susse
Que celui d’un utérus

À l'arrière de toute classe
De mon radiateur
Je vis l'avant de la classe
La beauté dans la laideur
Un summum mis en place

En majesté et très classe
La mouche s'en prit à elle-même
« La mouche prit la mouche »
Les ailes à son cou devinrent lointaines
J'avais un dos, une nuque à sa place !

Une beauté laissée en jachère
Pour que femme naisse de l'écolière
De sa nuque à ses hanches je l'ai vu
Enlever ses lunettes et ses dessus

Détacher son chignon
Me montrer ses dessous qui en soi
N'étaient pas encore en soie
Cheveux défaits sur culotte de chiffon
Pour la maitresse levait le doigt
Quand pour moi se levaient en questions
Mes doigts dans une autre direction
L'imagination giclée dans un chiffon

D'elle j'ai tout appris
Physique et géographie
Les seins sont au quatrième bouton
En dessous
Et tout corps plongé dans son cou
Se dissout

Quant aux mathématiques
Nous deux pourrions n'être qu'un
Et pour l'histoire ne ferons cas
D'aucune problématique

Une première de la classe
Venue d'une autre classe
Pour que jugements s'effacent
Mon amour, ma femme, la classe !!!

La fin

Me mettre en terre
Pour monter au ciel
Quel chemin !
Ah ! ah ! à ! einh !

Dévorée par des vers
Une âme à tire-d'aile
Aurait-elle ce chemin

Terre terre d'accueil
Que l'on veut, que l'on le veuille
Nous enfonce pour monter
Dingue !

La terre nous enfonce pour monter
Au comble de sable mouvant
En ses sens se trompant
Nous enfonce sans compter
De par devers des vers
Mit dieu sur le devers
Ma foi à l'envers
Mes convictions à revers

Un trou en terre
Ou celui d'un flingue
Une catapulte pour le ciel
Ou pour une poubelle ?

Au dernier coup de gong
Digue dingue dong !
Quel chemin ?
Je pouffe ma main sur ma bouche
Pour que d'elle ne sortent mes vers

Vu mon état sur la touche
Je ne parle pas de poésie

Me voyez-vous avec des ailes
Princier saluer les nuées et les archanges
Quand pour tout échange
Les vers se sont fait la part belle

À ramper vers quelques verres
Trinquer pour mes funérailles
Moqueurs à rirent de
Se foutent de tout et de
Qu'importe où l'on aille

Sans parler de poésie !

La lettre

Je suis ce mâle
Qui vous veut du bien

Un crayon épingle votre cœur

Une blessure à l'usage
Prend le mal pour un bien
Ma blessure vous soulage

Je suis ce mâle
Qui vous veut du bien

Un crayon épingle votre cœur
Et ce qu'il crie ne s'efface
À même ses traces, hélas !

Comme crève-cœur
Je taille un crayon

Je vous écris
Muet qui ébruite
Quelques graphites
À noircir votre cœur

Je suis ce mâle
Qui vous veut du bien

Lettre à l'être
Au bas de la page
Ma blessure vous soulage

Ce qui ne se crie s'efface
Puis-je hurler ma disgrâce
Allant dans le pas pour
De fictives amours
Au souhait qu'il se vautre
Prendre congé de ce cœur
Dans une mesurée douceur

Un crayon planté dans le vôtre

Je vous écris

La trace

Un aéroplane raye le ciel
Décolleté décollé s'est envolé
Un aéroplane raye le ciel
Au crachat de son fiel
Vous êtes envolée

Une trace qui de moi se joue
L'eau du chagrin raye ma joue

D'abysses en abîmes
Jamais ne suis allé si profond
Quand vous par cet avion
Croyant en d'autres cimes
N'approchez qu'un plafond
Aux géographies d'un gouffre
Jamais ne suis allé si profond

Que les profondeurs n'en souffrent
Un aéroplane dessine le ciel
L'eau du chagrin décime ma joue

À votre main une coupe
À votre lèvre un verre
Mes mains se découpent
Mes lèvres mâchent du verre

Un aéroplane dessine le ciel
L'eau du chagrin décime ma joue

Le sourire du stewart
Que vos envies n'écartent
Une coupe à votre main
Une entaille en mon sein

Un aéroplane raye le ciel
L'eau du chagrin raye ma joue

Un hublot pour tout vitrail
Colore une faille
Un aéroplane casse le ciel
En des couleurs accidentelles

Un aéroplane raye le ciel
L'eau du chagrin, ma joue

Le feu au cul

À ma peau des sueurs s'évaporent
Si bien que l'on en déduit
Que le moteur ronfle encore
Chauffé du dernier déduit

Je suis

L'enfer et c'est bien connu
Parenthèses apparentées
Aux courbes de mon cul
Quand le feu s'éprend d'Aphrodite
Apprenez, si vous ne le saviez
Que l'enfer Satan l'habite
Ça tend la bite !!!

J'ai

Pour périphérie encéphalique
Quelques vues assez phalliques
Articulées des petites lèvres
Pour chuchoter nombreuses fièvres

Puis

Un mont de Vénus déguisé
En piton de la fournaise
Et cyprine jetée sur ses braises
Enflamme l'instant et ses fumées

J'ai

Pour périphérie encéphalique
Quelques vues assez phalliques
Et des voyages en orbite
Que la rime se passerait
Comme on l'imaginerait
De toutes autres suites

Sinon qu'eux

À l'approche de culs satellites
Des rêves en orbites
Ou ma vie dans son salut
Répondraient au show du cul

Quand j'ai

Aux périphéries encéphaliques
Une sélection à son zénith
Dérangeant tout un agenda
Pour tenir un chant au cul
Jonglerait comme il ne se fait plus
Sinon dans un sudoku
Où trouverais-je, la !
Une case pour résultat !

Je veux, j'ai et tiens…
Un cul qui sous salive ferait, Pchiiitt !

Le lâché

Des hivers de douze mois
Dans leurs rancœurs m'envoient
Ivre sur mon cœur
Croire à leur dégivre

Alors, quoi, je bois

À ces lits qui se refusent
Sachant parfaitement pourquoi
Drapés dans de pauvres excuses
Cautèles et mensonges adéquats

Oui, je bois
Et… je dois

À ce que je suis devenu
De l'enfant et son rêve entrevu
Un rêve éteint que je noie
À la faveur de ce que je bois

À l'art et ses défaillances
Et ses doctes cultures
Assises le cul sur mon futur
Pour en faire une performance

Je bois à ce que je lui dois

Il m’a rongé tous les doigts
Et bu tout de mon cerveau
Je n’ai de lui que rancœur
Ivre sur mon cœur

Je bois, je bois encore et encore

À ce que je sais par cœur
Ivre sur mon cœur
Étant devenu au début
Et puis enfin, un puits sans fin
De conscience en déchéance
… Je bois

Le rideau

Des propretés intellectuelles
Nous mènent tout droit au cruel
Manichéisme de gauche
Qui dans son aveugle débauche
Amène évidemment ce qui s'en suit :
Le verbe est dans le fruit

À la pensée d'une tête d'épingle
Des discours et dithyrambes
Enflés comme meringues
Me font une belle jambe
Que ces bavards de tribuns
Partent avec l'eau du bain

À l'hypocrisie entendue légale
De toutes opinions cachées
Je tire un rideau de confessionnal
Sur mes séditions avalées

Je vote !

Sous aucun applaudissement
Dans ce bureau de vote
Tombe ce rideau obéissant
Sur mes vues et leurs décotes

Je vote !

À l'idée de la moins sotte
Privé de tout vrai choix
Dix de der et rebelote
Tout comme la dernière fois

Mais, un jour

En bon acteur de société
Je sais qu'il est bon de se retirer
Alors, je tirerai le rideau
Et n'irai plus dans ce théâtre
Saluer la magnificence de quelques nigauds
En passant derrière essuyer leurs plâtres

Rideau !

Le rouge est légal

La nature de l'homme
A rendu la nature
Hors la loi
De feuilles de coca à l'opium
La nature de l'homme
A rendu la nature
Hors la loi

Mais
Le rouge est légal
Et l'herbe est l'égale du rouge

De viticulteurs à dealers
Une nature soumise à tva
Une autre interdite par la loi
Dites-moi pourquoi

Dieu le père en serait songeur
Qui dans sa création
Offrit quelques récréations

Le rouge est légal
Et l'herbe est l'égale du rouge

Qu'un jeune flic fasse procès
À des herbes millénaires
Soldat d'une morale à l'excès
Faisant d'une nature sans accès
Une nature mise à la fourrière
Dites-moi pourquoi

La nature de l'homme
A rendu la nature
Hors la loi

Alors que le rouge est légal
Et l'herbe l'égale du rouge

Du blé malade puis-je en parler
Chétif et gris quand même autorisé
Sur qui une économie se fonde
Pour empoisonner nos chères têtes blondes
Ou de l'appauvrissement des sols
Issu de sales politiques agricoles

Do ré mi fa sol

Le rouge est légal
Et l'herbe l'égale du rouge

Le monde blanc

Je ne tourne plus rond
Je tourne en rond
Malevitch, malédiction
La toile est blanche
Un carré blanc
Sur un fond blanc
Comme une censure
À ma peinture

Je ne suis pas né génie
Même si j'ai eu toute ma vie
Pour en apprendre des rudiments
Mais ce soir devant ce blanc
Je me rends
Malevitch, malédiction

L'atelier a pris de l'âge
Ainsi que ce que je crée
Tout a la couleur de la craie
Mes pinceaux ont au pelage
Des poils blancs

Je ne tourne plus rond, je tourne en rond
Malevitch, malédiction

Tout, tout manque de tout
Mes œuvres même vernies
Sous cadres, certes, serties
Ne valent que bijoux
En fer blanc

Malevitch, malédiction
Des doigts pour lambeaux
À mes mains déchirées
Flottent par défaut
Comme à mes idées
Un drapeau blanc

Je ne tourne plus rond
Je tourne la page
Malevitch, malédiction
La page est blanche

Le temps a fait son œuvre

Le temps a fait son œuvre
Et comme l'art contemporain
Peut jeter la vie et l'œuvre
D'un vieil art démodé
Le temps a fait son œuvre
Et de l'œuvre de ma vie
Une vieillarde désœuvrée

J'ai tout au plus
Tout en moins
Plus de corps de rêve
Et plus de rêve
Pour mon corps
Sa déchéance
Arrive à échéance
Et mon individuel
Duel est vain
J'ai tout en moins

Le temps a fait son œuvre
Et comme l'art contemporain
Peut sucer la vie
D'un vieil art oublié
De l'œuvre de ma vie
Le temps en a fait son œuvre

J'ai tout au plus
Tout en moins
Et si pour vous
J'inspire le respect
Pour moi
J'expire mes regrets
Et me vide de mes rêves
Tout au plus
Pour ne pas dire moins

Le verbe

Que le verbe au lit soit joli
Sur votre peau mes mots
Accueillent vos intimités
Que le verbe au lit soit poli
Polisson dans l'excentricité
Attisant les mots
Qu'aiguisent une indécence inusitée

J'ai pour le verbe
Les mots qui l'exacerbent
Et vos jambes écartées
Sont au seuil de vos montées

J'ai en moi quelques
Conjugaisons pour votre lit

Même en langue étrangère
Votre langue aurait le verbe
Et la fraicheur de l'herbe
À plisser les yeux de tout libraire

En salves grammaticales
Dans ses draps, dans ses plis
Vous donneriez à votre lit
Des subtilités musicales

Que le verbe au lit soit joli
Et qu'il participe présent
Conjugué au rapport conjugal

En ses plus beaux textes votre lit
Participe à vos présents
Conjugué à vos mots en aval

Ou leurs non-dits
Qu'un silence pressant
En amont de vos avances
Que ma bouche avale

Que le verbe au lit soit joli

Madrigal amoral

Il n’y a plus de fées
Seulement des faits
Et les faits sont là
Pour défaire les contes de fées

Alors, je vais aux putes
Ouais, je vais aux putes
Marier à mes défaites
Mon cœur défait

S’il n’y a plus de fées
Desquelles triompher
Une nymphe est là
Accorte aux cœurs défaits

Qui par un conte de fées
-Les comptes étant faits-
Avec magie saura
Comment soigner mon forfait

Je vais aux putes
Brûler sous une couette
En autodafé
Ces non-faits qui affectent

Mon cœur perdu
Qu’en vertu des faits
Une fée de petite vertu
Lui rendra sa plus-value
Par un coup de braguette
Oui, me fît fée clochette
-mon âme en grelotte encore-
Tinter deux grelots à mon corps

May day

May day, may day, may day

Rêvant de voler
Pour m'aider, m'aider
Un ange s'est approché
Mais aveuglé dans sa volée

Un ange alcoolique
S'est crashé sur mon destin

May day, may day, may day

Ô fatidique plongeon
Le nez sur le bitume
Où l'aura de ses plumes
Se mélange au goudron

May day, may day, may day

Un ange pour m'aider
Voulait me faire voler
Et tout comme Icare
Approcher le soleil
Pour m'aider, m'aider
Pauvre Icare au Ricard

À la pauvre gloire
Sans nul pareil

May day, may day, may day

Funeste défunt aérien
Crétin sur mon destin
Archange dans la fange
Ma face contre sa frange

Diable, may day

Pour m'aider, m'aider…
N'eut-il trempé une plume
Dans le fond d'une vinasse
Pour écrire mon destin
À me perdre à sa place
Me souillant dans sa trace…

May day, may day, may day

J'en appelle à Eole
Où je m'envolerai
Sans alcool
… mais dès, mais dès
Juré, dès demain… !

M, la salope

Irrésistible poison
Poison comestible
Me monte encore au cœur
Avant le prochain
Suce au quotidien
Les règles de mon cœur

Salope

Des cornes en abondance
Ornent mon front
Et posés comme un affront
Ses mensonges avancent
Des non-dits qui confondent
En lieu et place
De vaines volte-face

Plus le cœur saigne
La corne en est plus profonde

Salope

Même si toutes les liqueurs
Écœurent chaque cœur
À l'abus de ce qu'il a bu
S'impatienterait-il d'une revenue ?

Salope

Échappé à ses raisons
Mon cœur, poche à poison
Boit par votre sang analogue
Aux plus délicieuses drogues
Vous reprend et se repend
D'une liaison à raison de se rependre

Je te haine

Salope

Même pas j'y crois

D'abord j'abhorre
Ces idées qui adorent
Ce dieu qui d'un coup d'un seul
Sort de son linceul

Sur le chemin biblique
A-t-on le droit d'être hérétique ?

De dessous son auréole
Prête à tout protocole
Par prêtres qui somnolent
Une pensée fausse en son symbole
Assène ses coups de matraque
De Noël jusqu'à Pâques

Sans pour autant être cynique
J'aspire en des croyances laïques

Jamais, jamais ne me voile
Pour quelconque idéal
Qu'on connement revendique
Dans un suicide héroïque

Comment sur le chemin de l'islam
Peut-on aller jeter son âme ?

Sans pour autant être cynique
J'aspire en des croyances laïques

Si ce dieu que l'on peint
Selon nos vues et nos couleurs
Nous oppose juste en heurts
Était juste et saint
Nous laissera-t-il seuls
Nous foutre sur la gueule ?

J'aspire en des croyances pacifiques
Et l'existence d'un dieu laïque

Ce soir

Ce soir
Mes poupées
Iront jouer
À part

Comme tous les soirs
Je fais mes devoirs
Répondre sans faute
À ce qui m'est dicté
Par mon papa, hôte
De mes veillées

Ce soir
Mes poupées
Vont jouer
À colin-maillard

Comme chaque soir
Je fais mes devoirs
À l'hôte de mes veillées
Venu me corriger

Ce soir
Mes poupées
Iront jouer
Toutes seules
Un linceul
À leurs regards

Je fais mon devoir
Je redis sans histoire
La même histoire
À l'hôte de mes veillées
Une histoire répétée
Par cœur
Que d'ailleurs
Je voudrais oublier :
Le roman de Renard

Ce soir
Mes poupées
Ne voudront regarder
Ce papa venu jouer
À la poupée
Avec son roman de Renart
En couverture
D'un roman illicite
Que je lui récite
À colin-maillard
Sous ma couverture

Ce soir mes poupées
Vont pleurer
Comme chaque soir
Cette poupée
Au mécanisme cassé
Qui dès lors
Qu'elle s'endort
Reste involontaire
Les yeux ouverts

À France R.

Mon légionnaire

Mordue par un sourire,
À l'appât de ses dents
J'ai mordu…
Un émoi en dedans

Des cils en surligne
Accueillent mon écueil
L'attaque à l'œil
M'a mordu

« Il était mince, il était beau
Il sentait bon le sable chaud
Mon légionnaire »

À sa beauté nucléaire
Qu'irradie ce qui ne s'éclaire
Quelques éruptions solaires
L'éclaboussaient de glacis aux spalters

« Il était mince, il était beau
Il sentait bon le sable chaud
Mon légionnaire »

Des dents comme des touches
Tintaient en sons de cristal
Des mots venus
De profondeurs abyssales :

Comment tu t'appelles ?

« Je l'ai aimé toute la nuit
Mon légionnaire »

Les serpents ondulent sur le sable
Son corps ainsi inlassable
Que l'on le crût
De ces amants de fables
Glissant sur des amours ineffables

« Je ne sais pas son nom, je ne sais rien de lui
Il m'a aimée toute la nuit
Mon légionnaire
Et me laissant à mon destin
Il est parti dans le matin »

« À le voir marcher en cadence
Bel abandon »
Sur ses traces effaçables
« On aurait dit un serpent qui danse
Se mouvant au bout d'un bâton »
S'enfonçant dans ses sables

R. Asso
Ch. Baudelaire

Notre père

Notre père qui êtes aux cieux
Vous me verrez soucieux sous vos cieux
Si je ne peux à votre sainte sainteté
Dire ce qui trouble ma pensée

Sans vouloir faire l'exégète
Eu égard à votre grand âge
Et de fait, écorner l'image
De ce que vous êtes

D'entacher votre saint esprit
Par un humour facétieux
Une allusion contre vos cieux
En faisant un trait… d'esprit

Mais, voilà, je le regrette
Et trouve dommage
Que lorsque vous nous fîtes à votre image
Vous n'en fissiez qu'à votre tête

Loin du cœur, loin de vos cieux
Voyez comme l'on s'en fiche
De ce que vous voudriez que l'on affiche
De cette image fausse en tout lieu

Était-ce pour cela qu'à la hâte
Deux mille ans de ça vous dépêchâtes
Votre tout meilleur émissaire
À nous venir prouver le contraire ?

Je me rappelle qu'un ange vînt
Mais il y a trop longtemps que le temps
Comme pour les jumeaux de Langevin
Nous a éloigné, rendu distant

Comme je le regrette
Et n'en prenez pas ombrage
Mais lorsque vous nous fîtes à votre image
À ce que vous faisiez, vous n'aviez la tête
Aviez-vous des cernes sous vos cieux ?

Notre père qui êtes en nous
Ce dont vous vous réclamez
Vous voudriez que je vous loue
Alors que vous m'habitez

Vous m'habitez à titre gracieux
Sous prétexte et au nom de vos cieux
Que c'est à moi à titre d'obligation
Qui vous doit cette location

Zut ! je ne peux ni protester
Ou bien même vous faire la tête
Comme vous me le rappelez
J'ai celle que vous m'avez faite

Ô comme je regrette
Et trouve dommage
Que lorsque vous nous fîtes à votre image
Vous n'en fissiez qu'à votre tête

Seriez vous-même barbu ?
Selon toutes apparences
On ne vous a jamais vu
Et m'importe cette ressemblance

De vous mon âme va s'affranchir
Transgressant les limites à franchir
Comme entamer cette déférence
Tenue en respect par l'indifférence

Voyez, je m'y prête
Et vous dis sans ambages
Que lorsque vous me fîtes à votre image
J'aurais vraiment dû vous tenir tête
Pour qu'enfin que l'on convienne
Que votre tête ne me revienne !

Amen.

Parfaits parfums

Ils ont aimé mon corps
Au temps de mon visage
Quand mon corps encore
Offrait son paysage

De grâce
Parfaits parfums

D'exalter à l'exhaler
Donner à ma peau
Ce qu'il reste de plus beau

De grâce
Parfaits parfums

Mentez aux sueurs et à leurs traces
Que fragrances de Grasse
Retendent mes reins
Que le temps a enfreint

Que l'on me prenne au nez
Pour subtil millésime
Même sur le retour comme sublime
Une robe rubis l'eut été dit
Que l'on assiège mais non subit

Se dégrafe et s'assied
Aux accords de mes pieds

Dans la grâce
Des parfaits parfums

Comme mouche dans le vinaigre
vos refus furent bien maigres
Si ce n'est la tension de mes seins
L'exhalaison vous mit sous tension en un rien
Et permit de retendre mes reins

De grâce
Parfaits parfums

Exhalez-moi
Exaltez-moi
Je vous remercie…

Pas tout seul

On ne se fait pas tout seul
La boue ne se tient debout
Sans le feu et la science du potier
Où pourrais-je me jeter
S'il n'y a plus d'égout
Comme on ne se défait de tout seul
Un arbre un lac un pétard
Ne sont pas que des faire-valoir

On ne se fait pas tout seul
Je me dresse sous le désir de vous
Ô oui ne le ferai-je pas tout seul
Ou alors c'est la main indigente
De dépit en dégout que l'on diligente
En se disant qu'on se l'ait fait tout seul

Pour dix sous au plaisir du dessous
Mère et père eurent-ils conçu dans le dégout
On ne se fait pas tout seul
Même si l'oubli les dissout

Flots de love love et de love
Ne se sont pas fait tout seuls
Dans une nuit qu'un matin dissolve
Deux corps encore qui se veulent

On ne se fait pas tout seul
Mère et père vous ont tenu debout
À coups de love love ou pire par dégout
Il y a toujours de l'or dans la boue

…

Une sculpture en glaise
Se pâme d'un sourire d'aise
Par ce qu'elle ne s'est faite toute seule

Périclès

« Celui qui a des idées
Et ne sait pas les exprimer
N'est pas plus avancé
Que celui qui n'en a pas »

Périclès, périclite

Le grand Saturne à qui
L'on n'apprend pas la vie
Se trouve bien désolé :
L'art et son histoire

Par une fâcheuse tournure
Qu'ils ne purent soupçonner
Virent s'immiscer un avatar
Vaniteux dans sa gageure :

« Que l'art soit juste, pensées
Les mains, aux râteliers. »

Périclès, périclite

Posée sur ladite main,
Support à réflexion,
Sa royauté la pensée

Intime une compréhension
À celle qui la soutient :
« Que sans lueur d'esprit
Elle serait bien démunie. »

La main en ses séditions
Répondit par la réciproque
À la sotte provoque
Défiant l'accusation :

Si la vitesse de l'esprit
Peut atteindre la lumière,
Pris sur le vif, un croquis
Rend sa fulgurance secondaire.

Là où la main s'affranchit
Des cerveaux lumineux,
L'écriture automatique,
Satire contre la monarchie,
Échappe au contrôle glorieux
Du monopole analytique.

Mais s'entête ce cerveau
Dans sa nouvelle tendance
À ne penser que, pensées,
Pour toucher ses idéaux.
Mais avec distance, tu penses.

Si l'ado y pensait juste
Sans y mettre sa main.
Arriverait-il à ses fins
Sans se toucher sous le buste ?

Périclès, périclite

Les œuvres minimalistes
Devraient s'arrêter au seuil
De l'idée. Que ne subsiste
Plus rien d'une main, d'un œil…

L'hypocrisie cependant,

Dont le profit dépend
Des pensées manufacturées.
Comme ne pas y toucher,
Fait sa belle au musée

Périclès, périclite

Petites mains pour stars de l'art
S'activent à rendre leur gloire.
Doigts de fée dans la mistoufle,
Stars de l'art avec des moufles.

Périclès, périclite

Assis dans leur posture,
Ces mercenaires de l'art
Sans avoir l'air d'y toucher
Produisent de l'illusoire
Comme marque de publicité.
Et Périclès médusé,
Peut
Toujours crier à l'imposture !!!

π

Alentour des soutiens-gorge
Je tourne en 3,14
À chercher le pis
Qu'à ma bouche s'y soustrait
Alentour des soutiens-gorge
Je tourne en 3,14
Puis je me tais
Ni brune ni blonde
Pour entrer dans la ronde
Gironde de 3,14
Alentour d'un amour vache
Au monde me cache
Pis ! je me trais !

Je tourne en 3,14
Dans un cercle
Où l'horizon d'ores
Et déjà a son couvercle

Irrévérence aux Doors
Qu'à mes fins d'ores
Et déjà this is the hand
Répond à ma demande

Trouvant dans mes extraits
Volutes à leurs traits
De mal en pis je me trais
Comme un fait exprès
Alentour des soutiens-gorge
Je tourne en 3,14
Dans un cercle
Où l'horizon
A son couvercle

Aux entours de vos atours
Je tourne en 3,14
… 1415 neuf cent vingt-six
À vous aimer sous X
Bonnet B bonnet A
Sur un air de dépit
Ou pis de Boney M
Ainsi soit cela
Tant pis !

Alentour des soutiens-gorge
Je tourne en 3,14
À chercher le pis
Qu'à ma bouche s'y soustrait
Au détour de 3,14
Tant pis si je me tais
Et pis ! par dépit….
Je me trais

Plaie mensuelle

Courant sur la surface de l'eau
Une ride que le vent ondule
Se fait l'écho
D'une onde que le temps module
À la surface de ma peau
Une ride à la surface de ma vie

Courant le long de l'air
Des étamines effleurent le temps
Faisant écho
Aux étamines perdues dans le vent-
Le ventre de la femme en fleur
La femme que je ne serais plus

Une plaie nouvelle
Coule à mon cœur :
La femme en fleur
Que je ne suis plus
Vient de perdre ses pétales

Courant au-dedans d'un feu
Une chaleur qu'un vent fertilise
Se fait l'écho
De montées de chaleur que le temps attise
Tandis que s'essoufflent au feu
Les chaleurs adolescentes

Une plaie mensuelle
Coule à mon cœur :
La femme en fleur
Que je ne suis plus
A perdu ses pétales

Courant aussi ventre à terre
Une tourmente que le vent emporte
Se fait l'écho
De ce tourment que je supporte
En silence devant me taire
Le temps a emporté mon ventre

Pourtant
Une joie nouvelle
Pouvant
Couler à mon cœur
Me dit :

Autant que les vents sont éternels
Le temps d'avant en rituel
À nouveau éclos
Sur de jeunes femmes fleurs
Devenues demoiselles

Et alors mon cœur refleurit

Poète

Tu as jeté une bouteille à la mer
T'est venu un bateau ivre

Poète

Tu bois à la bouteille
Tu bois à sa santé
Un verre à la main
Un verre en sous-main
Et le dévers sous les pieds

Tu bois
À ta santé
Plus que de raison
Ainsi qu'à ta raison
Qui appareille pour de vagues
Navigations et divague
Quand arrivent les verres à pied
Prenant le pas
Sur tes vers mis à pied

Tu bois
À la bouteille
Tu bois à sa santé
Un verre à la main
Un verre en sous-main
Et le dévers sous les pieds

Tu vois
Tandis qu'à l'overdo-
S'emploie
L'homme de plume
Ta plume se noie
Dans un verre d'eau

Tu bois
À la bouteille
Tu bois à sa santé
Un verre à la main
Un verre en sous-main
Et le dévers sous les pieds

Tu bois à cette bouteille
S.O.S et messagère
D'une encre jetée
Sur tes dérives
Tu bois à la bouteille
À la bouteille à la mer
En laquelle t'espère
Que t'arrive à l'encre jetée
…
Un bateau ivre

Poker

Le cœur prend du sang
Ça bat
Ça bat
Cinq cartes s'abattent
Et deux fermées à l'encan

Le cœur prend du sang
Ça bat
Ça bat

Je cache ma main
Et mes sueurs à l'examen
D'un regard d'inquisition
Où s'abstient toute émotion

Un débit de sang m'entête
Dans lequel se reflète
Cette idée qui s'allonge :
Être honnête dans le mensonge

Je voudrai sous la table
Lire le langage de leurs pieds
Savoir ce qu'ils ont à raconter
À la surface de l'insondable

Le cœur égorgé
Ça bat
Se bat
Un cœur encore engorgé
D'un mental en fer forgé

S'abat

Une illusion accroche
Une quinte flush
Ma cave est sur le tapis
Dans ce bluff et en dépit
D'une pauvre main forte
Ça bat
Je mise que j'emporte
Trésors de reine de Saba

Ça bat, ça bat, ça bat…

Portrait

Peau papier paupières

Je regarde mes mains
Faire leurs aplats
Tandis qu'en leurs prières
A la condition d'un rêve d'un dessein
Vous toucheraient à plat

Peau papier paupières

Vos yeux entrent par les miens
Vos cils baissés aux deux tiers
M'envoilent vers ce que je tiens
Peau papier paupières

Le rouge à vos lèvres éclaire
Le bleu de vos yeux verts
Qui par mon trait exagère
Votre côté incendiaire

Peau papier paupières

Votre peau couchée sur le velin
A l'éclat d'un verre de vin
Me donne l'écriture
Et le sens de cette épure

Peau papier paupières

Le rouge à vos lèvres éclaire
Votre peau couchée sur velin
Que je caresse de ma main
Au clair de vos yeux semi-ouverts

Peau papier paupières

Sa bouche

Une bouche qu'ornent des lèvres
Inventée pour quelques orfèvres
Ose des mots comme attribut
À ce qu'il le lui plu

Fièvres au bout des lèvres
Audaces et sons s'enfièvrent
A la bouche de Bashung
stay these words as so young
À la bouche de Bashung

Les mots sans en avoir l'air
Bousculent tout un dictionnaire
D'une bouche ornée par des lèvres
Inventée pour quelques orfèvres
Sortent qu'en sorte naissent
Leurs sens que sa voix caresse

Des mots posés sur velours
À sa voix qui les entourent
Poésie osée poésie posée
Sur bouche ornée par des lèvres
Inventée par quelques orfèvres

Pulpeux à sa lippe
Drogues et vers ont fait équipe
Coup pour coup le verbe s'émancipe
En désaccord avec les principes
Drogues et vers y participent

Et chantent encore comme si sauraient le faire

Sang d’encre

Je crie à l’encre
Comme seiche s’enfuit
J’ai peur !
Une injection par le ventre
À la pointe d’un stylo, s’ensuit…
Une pluie dessèche
Mes veines en intra rêveuses.
J’ai peur !
D’une poésie peureuse.

Ma langue, sa faconde
Dans l’idée la féconde.
Je donne au verbe ma pensée
Qui le lui rend en majesté.

Un vin au temps sera piquette.
À son contraire, le mot sécrète
Au présent, ce qui sera demain.
Le vin se boit la plume à la main.

Création n’est qu’imagination.
« Inventer est penser à côté » A.E
À la jolie condition
De poser les mots du bon côté.

Poésie mon amour
Ma langue, sa faconde
Dans l'idée vous féconde
À la vue muette de quelques sourds

Poésie mon amour :
Le vin a fini par tourner
Autour de mes mots
Dans ce cerveau
Où je vous ai vu valser.

Poésie mon amour… !
J'ai peur !
Une injection en mon centre
Projetée à l'encre…
Feriez-vous de mon sang
Celui qui ne serait sans ?
…
Sans vous, sang d'encre !!!

Si simple

Je t'aimai…

J'emploie le passé simple
Pour ne pas le compliquer
Aux vues de ce passé composé
Seulement de temps en temps

Aux figures hostiles
Les langues se heurtent
Et leurs jeux en leurs leurres te
Font figures de style

Je t'aimais
Comme un imparfait

Notre futur est passé
Le vert des espérances
A pris couleur de moisi
Quand poussèrent litotes
Comme pleurotes

Je t'ai aimé

Pour faire simple

Au passé composé
Composé tout le temps
De vues sur un futur épargné
Pour ne pas dire éculées
En des espérances éjaculées
Mortes sur seuil
Comme pauvres feuilles
Que l'automne pousse au deuil

Je t'aime

Encore à présent
Comme je peux
Sous un mauvais temps
…
Il pleut !

Son lit

Elle a largué
Les amarres
À nos amours
Elle m'a largué

Voguent les vagues
À mon âme
À peine m'effleurent
Déjà s'en vont
Afin qu'affleurent
À mon âme
D'autres vagues
Qui s'en iront
Bercer mon vague à l'âme

Elle a largué
Les amours
En avait marre !
Raz de marée
Sans faire de vagues
Et moi Naïade
Noyé dans une mare

Elle a largué
Les élingues
À notre amour dissous
Et voilà qu'elles me cinglent
À devenir fou

De mon âme
Volée s'envole
Cet amour envolé
Loin de mon âme
Vers d'autres nus
Virils et velus
Équivalents
Aux amours
Rêvés et voulus
Sous le voile
De son âme
Lovés
Sous le velum
De son lit

Son lit que je garde encore au cœur
Pour y bercer mon vague à l'âme

Sur l’oreiller

Que ce soit
Dans des draps de lin
Comme au sein
De mes draps de soie

Tout en épine
Se drape dans sa beauté
D’aubépine
Une rose aux yeux cernés
Tandis qu’un marchand de sable
À bien me bercer renonce
Quand je me décide aux ronces
D’une rose des sables

Embrassées par brassées
À mes fêtes galantes
De jolies plantes
Fleurissent mon lit
Embrasent mes nuits

Que ce soit
Dans des draps de lin
Comme au sein
De mes draps de soie

Un lys en lice est entré
Avec la fleur du péché
Alors qu'une fleur à jeun
Reconnue carnivore
Tendrement me dévore
Sous la nappe du festin

Embrassées par brassées
À mes fêtes galantes
De jolies plantes
Fleurissent sur oreiller

À son lever
La ronde lune couche
Par son levier
Tout près de ma bouche
L'ingénue jacinthe
Dans l'enceinte de ma couche
Où vêtue toute nue
De ses refus défunts
Est empreinte du parfum
Des prochaines étreintes

Embrassées par brassées
À mes fêtes galantes
De jolies plantes
Fleurissent sur l'oreiller

Mais voici
Que la lune décline
Et moi aussi
Quand je vois, je m'incline

Que ces jolies plantes
Fleuries sur oreiller
Ne sont que pensées
Seulement des pensées
Des feuilles d'acanthes
Qu'ornementent sans sève
Des nuits où s'évente
La sève de mes rêves
Dans mes draps de soie
Dans mes draps de lin

Éveillées à mes veillées
Sous un drap de lin, seul
La nuit décline
Sous un drap de soie, seul
Autant de fleurs
Que deux iris imaginent

Surréalistes allitérations

Les hélices des vélodalos
S'envolaient sous l'eau
Des allées dessalées
Au large des îlots désolés

Alice sans Lize
Sous les sables
Côté pile s'efface
Molasse à la Dali
Sous les délits d'Ali

Au loin Billy Holly
Et Dylan dealèrent
Des délires à la lyre
Aux allures asilaires

Pendant qu'Hélène
Allait allègre héler
Des phalènes zélés
Allumés aux falots

Leïla est là'vec Lize
Collée aux délices
Du lit d'Ulysse
À voler en
Hallus allitérées

Dans une nuit
Où des vélodacieux
S'envolaient à jamais
Pour les cieux

Toujours

Toujours, toujours
C'est l'escalier d'Escher
Que je monte pour descendre
Toujours

Tous les feux sous mes paupières
Que l'on prend pour des cendres

Je suis de ces Lucifer
Annoncés par Cassandre
Qui toujours, toujours
Étreignent une lumière
Que nul ne veut prendre

Toujours

Tous les feux sous mes paupières
Que l'on balaie comme des cendres
Ainsi que les nouveaux hivers
S'indiffèrent des fleurs de décembre

Toujours, toujours

Un joli cœur

Un joli cœur
Dans ton pieu
Plante un pieu
Dans mon cœur

À moi la vie
Sans notre accord

Un joli cœur
Comme un pieu
Plante la vie
Dans ton corps

À toi la petite mort
À moi, à ton avis ?

C'est ainsi
Un joli cœur
Dans ton pieu
A planté ma vie

Un monde

Il y eut un monde
Où des hommes
S'arrachaient le ventre
Pour nourrir nos cerveaux

Un monde
Où des têtes s'envolaient
Pour que pussent s'élever
Celles qui ne le pouvaient

Il y eut un monde
Où des têtes s'envolaient
À la faveur des lueurs
D'un siècle de lumières

Un monde
Aux fenêtres sans volets
Ouvertes sur le monde
Où tout le monde venait

Mais dans ses révolutions
Le monde a tourné, retourné
L'homme et son évolution
À lui tourner la tête

Pour un monde
Où des hommes
Caressent à leur ventre
Un nombril sans cerveau
Par une fenêtre
Un écran de plus en plus plat
Où l'homme et son savoir
Se défenestre

Un monde qui
Comme unique chanson
Sur un même disque
Tourne, tourne et retourne
Un son impur
Qui abreuve ses sillons

C'est mon monde
Et sa révolution
Qui tourne, tourne, tourne
Centripète mais centrifuge
M'éjecte et me refuse

Mon monde !

Une coupe

Absorbé par le fond de mon verre
Que je remue d’avant en arrière
Je nous revois dans ce qui fut
Une histoire qui de flux en refus
Vous voyait partir quand je venais
Et pour vous tenir me retenais
Quand amarré à votre poupe
Allaient clapoter comme à mon verre
De belles ondes à votre croupe

À vous
À cela
Je porte une coupe à mes lèvres

Puis pareil au verre que l’on doit
Par de longs touchers faire chanter
Sur vos lèvres glissait mon doigt
Et se rayait ce que vous chantiez
En boucle ce même doigt
Suivait vos lèvres enchantées

À vous
À cela
Je porte une coupe à mes lèvres

Et ce n'est qu'une fièvre plus tard
Qu'a la pâleur de vos hanches de sèvre
S'ajoutaient à leurs bords mes lèvres
Pour y prendre ce nectar
Qui de vous jamais ne me sèvre
De baisers en gorgées échangées
Si bien qu'on pourrait se demander
Quelles lèvres étaient embrassées

À vous
À cela
Je porte une coupe à mes lèvres

Mais

Remontés du fond de mon verre
Mes songes et mes rêves se sont brisés
Le long de ce verre que j'ai cassé
Sous la folle pression de mes baisers

Sans crisser mes lèvres se lacèrent
Que ferait dans un ZiiP !
Comme souvent le font ces sons
Qu'au-delà les ondes dissipent
Un bruit muet perdu dans les airs
Au tesson je me suis ouvert

CHUT !!!
Je porte une coupe à mes lèvres

Une culotte

À l’envie de l’eau
Je suis trop beau

Une culotte trempée
Dans sa flaque
Viens mouiller mes yeux
À ma beauté paradisiaque
Sous de nouveaux cieux
Et leurs éclairs détrempés

Je suis le chaud
Vous êtes l’eau

Une culotte trempée
Dans sa flaque
M’appelle à sa traque
À la prière de l’enlever

Je suis le chaud
Vous êtes l’eau

Pour que l’eau bout
Mettez-vous dessus
À attiser votre moue
Et ma raison qui s’abandonne
Aux sueurs en surplus
De ce sourire qui rayonne

À l'envie de l'eau
Je suis trop beau
Secousses cardiaques
À vos tempes trempées
Vos dessous vous ont trompés
Une culotte se déculotte
Vos syncopes me décalottent

Ma beauté aphrodisiaque
N'eut même besoin d'attaque
Comme fleur carnivore
Toute crue dévore
Vos soubresauts cardiaques
Que de po'v jaloux déplorent

L'eau et le chaud pour le ko
D'une petite mort
Tapent tapent tapent
Aux feux pluvieux de Gomorrhe
Pulsations cardiaques
Dans leurs clics
Claquent claquent claquent
Aux ressorts d'un clic-clac
Que jaloux n'ont pas eu
Un chaos et son chahut

Une femme dans sa chambre

Au pâle lit vide
Évidemment
Vide d'amants

Le festin de l'amour
Est en miettes
À ma table alentour
Une seule assiette

Les plis de mes draps
Dans leurs desseins se plient
En d'innombrables bras
Qui sur moi se replient

« Opale de malheur
Gemme infâme »[1]
Rocher dans un sablier
Qu'assèche mes heures
Au pâle lit vide
Où ne germe aucune femme

---

[1] Apollinaire

Et dans le repli
De ma tenue
Pour feindre l'amertume
Livide
Je souris tout bas
Aucune chute d'eau
À la chute de mes reins
M'auréole de son écume

Dans le pli de mes tenues
Certains malicieux vont
À l'œil s'y abîmer
Et je souris tout bas
Car j'ai bonne tenue
Aux malicieux qui vont
Déjà croire aux replis d'une nuitée
Je ne veux caresses de ronces
Aux fausses amours renonce

Alors qu'au pâle lit vide
Dans les plis de mes draps
Que de verges se multiplient
Et prépuces en leurs replis
Tout en robe d'apparat

Inventent à ma bouche
Des sons incroyablement cris

Une journée

Et voilà huitante heures passées
On va bientôt éteindre
Mon futur est dépassé
Qu'il me sonne de le rejoindre

Et comme l'argent
Produit de ce que l'on fait
Peut se racheter comptant
Le temps à défaut ne se refait

Il y a vingt heures déjà sonnées
Mon cher amour, mon enfant
Qu'en ma demeure tu sonnais
Et qu'à présent, quittes, où je demeure

Au fol envol de tes vingt heures
Ouvre tes mains et prends le vent
Quand passé la porte, Éole te porte
À l'école de ta vie, de sorte

Que des essaims de frissons
Éclatants comme bourgeons
Te viennent aux jours prochains
Engorger le profond de tes seins
Sous lesquels se tapissent

Au secret d'une oasis
Ton cœur et ses mystères
Et son âme encore en jachère

Comme une journée remplie d'amour
Tu fus la plus belle de mes jours

Dès cinq heures,
De petits chagrins venaient
Se sécher aux rives de mon cœur

À dix heures,
Quand l'amour encore bégayait
L'amitié se relayait pour ton cœur

À quatorze heures,
Aussi l'amour eut son procès
Un dédain à la place du cœur

…

À dix-sept heures,
L'amour se posait comme il venait
Une marguerite effeuillée à chaque cœur

C'est la fin de la journée
Un pincement au cœur
Câlins et mimis cajoleurs
Ont été ajournés

Au fol envol de tes vingt heures
Ouvrant tes mains, prenant le vent

Tu vas, passer la porte
De l’école de ta vie, de sorte

Qu’à vingt-quatre heures
La femme dès lors accomplie
Quitte sa constellation d’amants
Ainsi qu’un palpitant intermittent
Pour exulter auprès d’un seul mari
Où vos cœurs, dans un tourbillon
Passeront de céladon au vermillon

Et voilà huitante heures passées
On va bientôt éteindre
Mon futur est plus que dépassé
Qu’il me sonne de le rejoindre

Il est trente heures,
À l’équilibre de l’univers
Une éclosion de lumière
Fait une journée nouvelle
Offrant dans ses faveurs,
Venue du ciel par ta chair
L’éclosion d’une vie nouvelle

…

Bientôt,
Dès trente-deux heures,
De petits chagrins viendront
Se sécher aux rives de ton cœur

UNLUCKY LOVER

UNLUCKY LOVER
FOR EVER
J'AI TOUT CONTRE MOI
SAUF TOI

J'AI TOUT CONTRE MOI
SAUVE-TOI
LOIN DE MOI
AFIN QUE S'OUVRE TON CŒUR
À D'AUTRES QUE MOI
ET QU'À TES FINS
S'ENTROUVRE TON CORPS
EN DEHORS DE MOI
À D'AUTRES QUE MOI

UNLUCKY LOVER
J'AI TOUT CONTRE MOI
SAUF TOI

Vengeance

À mâcher de l'aluminium
Grince ma vie, bruxe en dedans
À marcher vers un pandémonium
À l'idée qui se fixe
Je vais et me prends
Dans le courant de son styx

Je mâche de l'aluminium
Rumine l'emballage d'un chocolat
Amer comme rancœur
Devenue à son summum
Portant cahin-caha
L'acidité contre mon cœur

Grince ma vie, bruxent mes dents
Ne pas souhaiter la mort des gens
Mais quand elle arrive cependant
Je peux m'en réjouir mais en attendant

Je mâche de l'aluminium
Rumine l'emballage des rancœurs
Et me répète sine qua non
Comme réplique sur carbone
La vengeance de mon cœur
Quand la trace qu'une gomme

Effacerait l'aluminium
Sans grincer, ma vie, bruxer mes dents
Ne me verrait au pandémonium
N'irait me prendre dans
Le courant de son styx

Je mâche ma vengeance
Faisant grincer ses sentences

…

Mes dents sont là

Vénus vénéneuse

Dans un coin oublié de ma mémoire
Comme nuées de mites dans une armoire
Auraient mangé tous mes tissus
Vous voilà pourtant revenue

Vénus en verseau[2] a versé
Ses flammes au chaudron de ma Géhenne
J'ai toujours du quitter la scène
Avant l'entre acte du m'en aller

Vous voilà pourtant revenue
Dans ce coin oublié par ma mémoire
Une bouche défiant tous les arts
Qui d'un coup d'un seul m'est revenue

Vénus en verseau est une salope
Me priva de vous pour relations interlopes
Mon cœur mon âme comment pus-je
Vous laisser à l'oubli pour de faux refuges

Dans un coin oublié de ma mémoire
Comme nuées de mites dans une armoire
Auraient mangé tous mes tissus

---

[2] En astrologie vénus en verseau : amours dissolues

Vous voilà pourtant revenue

Grace vénus garce vénéneuse
Venimeuse et oublieuse
Aurait mangé tous les tissus
En mon crâne dont mes amours sont issues

Dans un coin de ma mémoire
Déçu mon amour s’est blottit
De soir en soir aux noirceurs des soirs
Ou cet amour qui ne se fit

Vénéneuse Vénus

Vitruve

Je suis l'homme de Vitruve
L'homme en symétrie
D'un carré et d'un cercle
Celui qui ouvre ses bras
Pour enjamber les géométries

Je suis l'homme de Vitruve
Carrément rond en propension
À servir un canon
En proportion

Je suis de l'homme de Vitruve
S'amenant sans but
En vue de quelques flous
Où s'embue
La fusion d'un carré et d'un cercle

Aux angles de mes vues
De drôles de vues
Me jouent des tours
Où je tourne en rond

Où donc chercher Vitruve
Carrément rond
Dix attaques par œil

Quatre jambes, quatre bras
Deux pieds au seuil
D'un chemin dédoublé,
À la croisée d'une asymétrie
Carrément rond
Par l'angle de mes vues

....

Vitruve et vues troubles
Écarter les bras,
Semble être mes jambes
Écarter du cercle,
Le carré lui ressemble
Au profond de moi
Le cercle et le carré
Se rassemblent

Célibat

L'enfer à l'endroit
M'enlève la joie du ventre
Au revers de mon endroit
Plus rien ne me rentre

L'envers de l'enfer
Parait-il est d'enfer
Dans l'annonce d'un hymne
D'un paradigme de paradis

Plus rien ne me rentre
Sinon ce célibat
Et cette boule au ventre
Écartant tout débat
Je ne serai plus le centre
De prochains ébats

Allant pour ce peu, se faire
Un doigt qu'à mes soirs perturbe
Au revers de mon enfer
Me touche, me masturbe

L'envers de l'enfer
Parait-il est d'enfer
S'annonce en hymne
D'un paradis comme paradigme

Beurk !!

Vous souvenez-vous de lui ?

Je marche le long du temps
« Où mon futur est déjà là et mon passé encore présent. » * Deleuze
Le temps n'a pas d'horizon.
Vous souvenez-vous ? On m'appelle Marilou.
Inextinguible petite, je reprends feu en vous ;
Telle l'Alice, en revenant des pays surréalistes,
Sortirait pour un temps des saturnes coulisses.

Le temps s'étend, l'espace s'expanse.
Propices au mouvement
Les pensées s'espacent
Encore vers nul horizon.
Ainsi, sans que nous y songions
Volatils songes prennent place.
Lui m'est toujours présent
Même à ma troisième saison.
Vous souvenez-vous de lui ?
Il est maintenant tout le temps
Aux azimuts du temps.
Et je marche le long de lui,
Étant pour votre esprit
L'essence de ses sens

Mais « qui et où suis-je ? »

Suis-je à vous
Ou suis-je à lui ?
Je regarde l'interrogation
Aux confins des horizons
Là, où une étoile luit
Pour vous
Et me demande à qui
Sers-je ?

Vous souvenez-vous de lui ?

Table des matières

Imprimé en France
Achevé d'imprimer en mai 2023
Dépôt légal : janvier 2023

Pour

Le Lys Bleu Éditions
40, rue du Louvre
75001 Paris